꼭 읽어야 할

# 중학교 문학 첫걸음

시

## 일러두기

1. 본문은 작품이 수록된 단행본을 원본으로 삼았으며, 맞춤법과 띄어쓰기는 국립 국어원의 현행 표기법을 따랐습니다.
2. 부가적인 설명이나 단어 풀이가 필요하다고 판단한 경우에는 각주로 설명을 붙여 놓았습니다.

꼭 읽어야 할

# 중학교
# 문  학
# 첫걸음

시

윤동주 외 지음 ㅣ 이윤우 그림 ㅣ 한재진 엮음

스푼북

여러분은 즐겨 듣는 노래가 있나요? 힘차고 세련된 K-POP, 감각적인 래퍼의 랩, 할아버지와 할머니가 좋아하시는 트로트까지, 세상에는 정말 다양한 노래가 존재합니다. 그런데 노래를 들을 때 가사에 집중해 본 적이 있나요? 여러분이 좋아하는 노래의 가사를 한번 천천히 읽어 보세요. 여러분이 듣는 노래가 어떤 이야기를 하고 있는지, 어떤 감정을 담고 있는지 새롭게 느껴질 수도 있습니다.

노래 가사에는 사랑, 기쁨, 슬픔, 후회 등 우리가 살아가면서 느끼는 다양한 감정이 담겨 있습니다. 결국 노래는 사람들의 감정을 리듬과 함께 표현하는 또 하나의 방법인 셈이죠.

시는 노래와 비슷한 점이 많습니다. 시 역시 인간의 다양한 감정을 함축적으로 표현한 것입니다. 하지만 많은 사람들은 시를 어렵다고 느끼곤 합니다. 시인은 자신의 마음을 있는 그대로 드러내기보다, 비유적이고 상징적인 표현을 사용해 감정을 전하기 때문이죠. 그렇지만 찬찬히 시인의 생각과 감정을 따라가며 읽으면 시를 재밌게 감상할 수 있습니다.

이 책에는 중학교 1학년 국어 교과서에 실린 시들과, 그 또래 청소년들이 감상하기에 적합한 시들을 선정하여 담았습니다. 시를 통해 다양한 감정을 경험하고, 시인들이 그리고 표현한 세상을 함께 들여다볼 수 있기를 바랍니다.

이 책은 총 네 개의 주제로 구성되어 있습니다.

첫 번째 주제는 '자연'입니다. 시 속 자연은 단순한 배경이 아닌, 당당한 주인공으로 우리에게 말을 걸어옵니다. 이 책 속 시를 읽으며 자연 속에서 우리의 삶의 의미를 생각해 보세요.

두 번째 주제는 '관계'입니다. 우리는 가족, 친구, 이웃과 관계를 맺으며 살아갑니다. 시를 읽으며 여러분을 둘러싼 다양한 관계들에 대해 돌아보는 시간이 되길 바랍니다.

세 번째 주제는 '사랑'입니다. 사랑은 연인뿐만 아니라 가족, 친구, 반려동물, 소중한 것들에 대한 애정까지도 포함합니다. 시 속 다양한 사랑의 모습을 발견하고, 여러분에게 사랑이란 무엇인지 떠올려 보세요.

마지막 주제는 '존재'입니다. 우리는 세상을 바라보는 방식에 따라 존재의 의미를 새롭게 발견할 수 있습니다. 이 책 속 시를 통해 여러분도 자신의 존재에 대해 깊이 생각해 보는 시간을 가져 보세요.

이 책에 실린 시를 감상할 때, 시인의 감정을 상상해 보고, 어떤 표현을 사용하여 그 감정을 전달했는지 살펴보세요. 그러면 어느 순간, 시를 읽는 즐거움을 자연스럽게 느끼게 될 것입니다.

이 책에 담긴 시들을 통해 시의 감동과 아름다움을 마음껏 느껴 보기를 바랍니다.

엮은이
한재진

# 차례

## 2부 관계

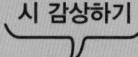

## 시 감상하기

　해와 달, 바다와 나무, 꽃과 같은 자연을 통해 시인이 무엇을 말하고 싶었는지 생각해 보세요. 단순한 풍경 묘사를 넘어, 시인의 시선이 머문 곳에서 어떤 감정이 피어났는지, 어떤 삶의 이야기가 스며 있는지를 느껴 보길 바랍니다. 그러면 자연의 아름다움을 더욱 깊이 이해하고, 시인의 독창적인 표현과 감성에 공감하는 즐거움을 얻을 수 있을 것입니다. 자연을 바라보는 시인의 시선 속에서 나만의 감정을 발견하고, 새로운 영감을 얻는 소중한 시간이 되기를 바랍니다.

# 1부

## 자연

# 새싹

공광규

겨울을 견딘 씨앗이
한 줌 햇볕을 빌려서 눈을 떴다
아주 작고 시시한 시작

병아리가 밟고 지나도 뭉개질 것 같은
입김에도 화상을 입을 것 같은
도대체 훗날을 기다려
꽃이나 열매를 볼 것 같지 않은

이름이 뭔지도 모르겠고
어떤 꽃이 필지 짐작도 가지 않는
아주 약하고 부드러운 시작

# 3월

오규원


아침부터
펑 펑
봄눈이 내리더니

점심 무렵에는
산과
들이
눈부시게
하얀 이불을 덮고
잠이 들었다

골짝을
타고 내리는 물소리만
나즉 나즉

자장가처럼 들리던
하루가 지나고

다시 아침이 오고
해가 떠오르더니

점심 무렵에는
산과
들에
좌아악 깔린 이불을
모조리
걷어 가 버렸다

이불이 걷힌
그 자리에는
잠자리에서 뛰어나온
아이들처럼

파란 싹들이
왁자지껄
일어나 있다

# 봄비

심후섭


해님만큼이나
큰 은혜로
내리는 교향악

이 세상
모든 것이 다
악기가 된다.

달빛 내리던 지붕은
두둑 두드둑
큰북이 되고

아기 손 씻던
세숫대야 바닥은

도당도당 도당당
작은북이 된다.

앞마을 냇가에선
퐁퐁 포옹 퐁
뒷마을 연못에선
풍풍 푸웅 풍

외양간 엄마 소도 함께
댕그랑 댕그랑

엄마 치마 주름처럼
산들 나부끼며
왈츠
봄의 왈츠
하루 종일 연주한다.

# 콩, 너는 죽었다

김용택


콩 타작을 하였다
콩들이 마당으로 콩콩 뛰어나와
또르르 또르르 굴러간다
콩 잡아라 콩 잡아라
굴러가는 저 콩 잡아라
콩 잡으러 가는데
어, 어, 저 콩 좀 봐라
쥐구멍으로 쏙 들어가네

콩, 너는 죽었다

# 반딧불

윤동주

가자, 가자, 가자,
숲으로 가자.
달 조각을 주우러
숲으로 가자.

그믐밤* 반딧불은
부서진 달 조각

가자, 가자, 가자,
숲으로 가자.
달 조각을 주우러
숲으로 가자.

---

· 그믐밤: 음력으로 그달의 마지막 날 밤. 그믐밤에는 달이 가장 작아져 거의 보이
  지 않는다.

# 나무

윤동주

나무가 춤을 추면
바람이 불고,
나무가 잠잠하면
바람도 자오.

# 햇비*

윤동주

아씨처럼 나린다
보슬보슬 햇비
맞아 주자 다 같이
옥수숫대처럼 크게
닷 자** 엿 자 자라게
해님이 웃는다
나 보고 웃는다.

---

* 햇비: 볕이 나 있는 날 잠깐 오다가 그치는 비. 여우비를 가리킴.
** 자: 길이의 단위. 한 자는 약 30.3cm에 해당함.

하늘 다리 놓였다
알롱알롱 무지개
노래하자 즐겁게
동무들아 이리 오나
다 같이 춤을 추자
해님이 웃는다
즐거워 웃는다.

# 해

박두진

해야 솟아라. 해야 솟아라. 말갛게 씻은 얼굴 고운 해야
솟아라. 산 넘어 산 넘어서 어둠을 살라 먹고, 산 넘어서
밤새도록 어둠을 살라 먹고, 이글이글 앳된 얼굴 고운 해
야 솟아라.

달밤이 싫어, 달밤이 싫어, 눈물 같은 골짜기에 달밤이
싫어, 아무도 없는 뜰에 달밤이 나는 싫어……,

해야, 고운 해야. 늬가 오면 늬가사 오면, 나는 나는 청산
이 좋아라. 훨훨훨 깃을 치는 청산이 좋아라. 청산이 있
으면 홀로래도 좋아라.

사슴을 따라 사슴을 따라, 양지로 양지로 사슴을 따라
사슴을 만나면 사슴과 놀고,

칡범을 따라 칡범을 따라 칡범을 만나면 칡범과 놀고……

해야, 고운 해야. 해야 솟아라. 꿈이 아니래도 너를 만나면, 꽃도 새도 짐승도 한자리에 앉아, 워어이 워어이 모두 불러 한자리 앉아 앳되고 고운 날을 누려 보리라.

# 들판이 적막하다

정현종


가을 햇볕에 공기에
익는 벼에
눈부신 것 천지인데,
그런데,
아, 들판이 적막하다—
메뚜기가 없다!

오 이 불길한 고요—
생명의 황금 고리가 끊어졌느니…….

# 송사리

이문구


누구냐구요?
이젠 얼굴도 잊으셨네요.
강물 냇물 놔두고
논과 연못에 살았던 송사리예요.
송사리 끓듯 한다는 속담도 있잖아요.
예전엔 그렇게 흔했었죠.
송사리 낚시나 그물은 없어요.
우릴 해칠 마음이 없었거든요.
아이들이 간혹
물 담은 고무신이나 어항에 넣긴 했지만
이내 놓아줬어요.
원래가 친했으니까요.
그런데 논에는 농약 연못엔 폐수
이젠 살 데가 없네요.
그래서 꿈에 나타나 부탁하는 거예요.

어디 살 만한 데가 있으면
꼭 좀 알려 주세요.

# 봄은 고양이로다

이장희

꽃가루와 같이 부드러운 고양이의 털에
고운 봄의 향기가 어리우도다.

금방울과 같이 호동그란 고양이의 눈에
미친 봄의 불길이 흐르도다.

고요히 다문 고양이의 입술에
포근한 봄 졸음이 떠돌아라.

날카롭게 쭉 뻗은 고양이의 수염에
푸른 봄의 생기가 뛰놀아라.

# 오-매 단풍 들것네

김영랑


"오-매 단풍 들것네"
장광*에 골불은** 감잎 날러오아
누이는 놀란 듯이 치어다보며
"오-매 단풍 들것네"

추석이 내일모레 기둘니리
바람이 자지어서*** 걱정이리
누이의 마음아 나를 보아라
"오-매 단풍 들것네"

---

· 장광: '장독대'의 방언
·· 골불은: 골붉은(매우 붉은, 짙게 붉은)
··· 자지어서: 잦아져서

# 오우가

윤선도


내 벗이 몇이나 하니 수석*과 송죽**이라
동산***에 달 오르니 그 더욱 반갑고야
두어라 이 다섯밖에 또 더하여 무엇 하리

〈제1수〉

---

* 수석: 물과 돌을 아울러 이르는 말
** 송죽: 소나무와 대나무를 아울러 이르는 말
*** 동산: 동쪽에 있는 산

구름 빛이 좋다* 하나 검기를 자로** 한다
바람 소리 맑다 하나 그칠 적이 하노매라***
좋고도 그칠 뉘 없기는 물뿐인가 하노라

〈제2수〉

---

* 좋다: 깨끗하다.
** 자로: 자주
*** 하노매라: 많더라.

꽃은 무슨 일로 피면서 쉬이 지고
풀은 어이하여 푸르는 듯 누르나니
아마도 변치 않는 것은 바위뿐인가 하노라

〈제3수〉


더우면 꽃 피고 추우면 잎 지거늘
솔아 너는 어찌 눈서리를 모르는다
구천*에 뿌리 곧은 줄을 그로 하여 아노라

〈제4수〉

---

* 구천: 땅속 깊은 밑바닥이란 뜻으로, 죽은 뒤에 넋이 돌아가는 곳을 이르는 말

나무도 아닌 것이 풀도 아닌 것이
곧기는 뉘 시키며 속은 어이 비었는가
저렇고 사시<sup>*</sup>에 푸르니 그를 좋아하노라

〈제5수〉


작은 것이 높이 떠서 만물을 다 비추니
밤중의 광명이 너만 한 이 또 있느냐
보고도 말 아니하니 내 벗인가 하노라

〈제6수〉

---

• 사시: 사계절

# 산 샘물

권태응

바위 틈새 속에서
쉬지 않고 송송송.

맑은 물이 고여선
넘쳐흘러 졸졸졸.

푸고 푸고 다 퍼도
끊임없이 송송송.

푸다 말고 놔두면
다시 고여 졸졸졸.

# 석류 이야기

이문자

살랑살랑 봄바람
잎이 돋고 꽃이 피고

꽃 속에 숨죽인
아기 별님들

긴 여름 꿈꾸며
잘 자랐네

갈볕*이
소곤소곤

---

· 갈볕: '가을볕'의 준말

갈바람*이
똑똑

살며시 문 열고
수줍음쟁이

빼꼼 내다보네
부끄럼쟁이

* 갈바람: '가을바람'의 준말

## 시 감상하기

우리는 결코 혼자 살아갈 수 없습니다. 사람들 속에서 관계를 맺고, 서로의 마음을 나누며 함께 살아갑니다. 때로는 가까운 이들에게 위로를 받기도 하고, 누군가에게 힘이 되어 주기도 하죠. 관계 속에서 우리는 기쁨을 느끼고, 아픔을 나누며 성장해 갑니다.

시 속에 담긴 감정과 생각을 들여다보며, 내가 맺고 있는 관계를 되돌아보고 새롭게 바라보는 시간을 가져 보세요. 우리가 맺고 있는 관계들이 얼마나 소중한지, 그리고 그것이 우리 삶을 어떻게 빛나게 하는지 다시금 깨닫게 될 것입니다.

# 2부

# 관계

# 돌담장의 안녕

김봉군

아랫돌이 윗돌에게 업어 줘서 고맙댔어
윗돌이 아랫돌에게 업혀 줘서 고맙댔지
몇백 돌 몇천 돌들이 입을 모아 고맙댔네

# 길

김종상

길은 포도 덩굴
몇백 년이나 자라
땅덩이를 다 덮었다

이 덩굴 가지마다
포도송이 같은 마을이 있고
포도알 같은 집들이 달렸다

포도알이 늘 때마다
포도송이는 커 가고

갈봄* 없이 자라 가는
이 덩굴을 통하여
사람과 사람이 도와 가고
마을과 마을은 이어져서

세계는 한 덩이 과일로
토실토실 익어 가고 있는 것이다.

<hr>

* 갈봄: 가을봄. 가을과 봄을 아울러 이르는 말

# 빗길

성명진

친구의 우산을 함께 쓰고 왔다.

미안해서
내가 비를 더 맞으려고
어깨를 우산 밖으로 내놓으면
친구가 우산을 내 쪽으로
더 기울여 주었다.

빗속을
우리는 나란히 걸었다.

좁은 길에선 일부러
내가 빗물 고인 자리를 디뎠다.
그걸 알았는지 친구는 나를
제 쪽으로 가만히 당겨 주는 것이었다.

# 비스듬히

정현종

생명은 그래요.
어디 기대지 않으면 살아갈 수 있나요?
공기에 기대고 서 있는 나무들 좀 보세요.

우리는 기대는 데가 많은데
기대는 게 맑기도 하고 흐리기도 하니
우리 또한 맑기도 하고 흐리기도 하지요.

비스듬히 다른 비스듬히를 받치고 있는 이여.

# 우리 둘이

김준현


고래고래
노래를 부르면
입에서 고래가 튀어나올 것 같아

바닷속에서 숨을 참았던 고래가 펑!
분수처럼 숨소리가 하늘 높이 솟구치는 기분
등대를 세우는 기분

참았던 걸 다 쏟아 내 버려!

정민이가 굽은 내 등을 지느러미로 쓰다듬어 주더라
노래보다 그게 훨씬 좋았어

정민이랑 나랑
둘이서 세상 끝까지 헤엄치는 돌고래처럼
우우 우우 우우 우우 우리 둘이
노래가 되었어

# 한 송이 말의 힘

김선우


진심에서 우러난

한 줄기 말을

놓아 준 적 있는 자리에선

한 송이 기쁨이

반드시 피어난다

그때가 언제이든

# 우리가 눈발이라면

안도현


우리가 눈발이라면
허공에서 쭈빗쭈빗 흩날리는
진눈깨비는 되지 말자
세상이 바람 불고 춥고 어둡다 해도
사람이 사는 마을
가장 낮은 곳으로
따뜻한 함박눈이 되어 내리자
우리가 눈발이라면
잠 못 든 이의 창문가에서는
편지가 되고
그이의 깊고 붉은 상처 위에 돋는
새살이 되자

# 까마귀 검다 하고

이직


까마귀 검다 하고 백로야 웃지 마라.
겉이 검은들 속조차 검을쏘냐.
겉 희고 속 검은 것은 너뿐인가 하노라.

# 까마귀 싸우는 골에

영천 이씨(정몽주의 어머니)

까마귀 싸우는 골에 백로야 가지 마라.
성난 까마귀 흰빛을 시샘할세라.
청강*에 기껏 씻은 몸을 더럽힐까 하노라.

• 청강: 맑은 물이 흐르는 강

# 수박끼리

이응인


수박이 왔어요 달고 맛있는 수박이 왔어요.
김 씨 아저씨 1톤 트럭 짐칸에 실린 수박
지들끼리 얼굴을 부비며 하는 말.

행님아, 밑에 있으이 무겁제. 미안하다. 괘안타, 그나저
나 제값에 팔리야 될 낀데. 내사 똥값에 팔리는 거 싫타.
내 벌건 속 알아주는 사람 있을 끼다 그자. 그래도 행님
아, 헤어지마 보고 싶을 끼다. 간지럽다 코 좀 고만 문대
라. 그래, 우리는 사람들 속에 들어가서 다시 태어나는
기라.

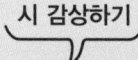

## 시 감상하기

　사랑이란 어떤 대상을 아끼고 소중히 여기는 마음이자 그 마음을 행동으로 표현하는 것입니다. 부모님, 친구들, 오랫동안 함께한 반려동물, 어릴 적부터 간직해 온 애착 인형까지…….

　시 속에 담긴 다양한 사랑의 모습과 의미를 만나 보세요. 그리고 여러분의 삶 속에서 소중한 존재는 누구인지, 여러분에게 사랑이란 무엇인지 찬찬히 생각해 보세요.

# 3부

사랑

# 저녁에

김광섭

저렇게 많은 중에서
별 하나가 나를 내려다본다
이렇게 많은 사람 중에서
그 별 하나를 쳐다본다

밤이 깊을수록
별은 밝음 속에 사라지고
나는 어둠 속에 사라진다

이렇게 정다운
너 하나 나 하나는
어디서 무엇이 되어
다시 만나랴

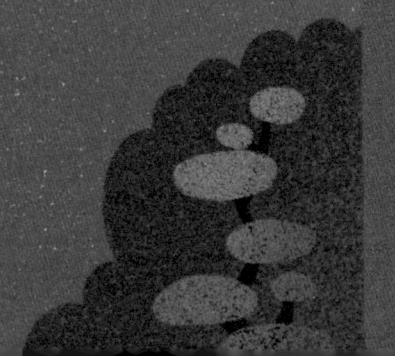

# 세상에서 가장 따뜻했던 저녁

복효근


어둠이 한기처럼 스며들고
배 속에 붕어 새끼 두어 마리 요동을 칠 때


학교 앞 버스 정류장을 지나는데
먼저 와 기다리던 선재가
내가 멘 책가방 지퍼가 열렸다며 닫아 주었다.


아무도 없는 집 썰렁한 내 방까지
붕어빵 냄새가 따라왔다.


학교에서 받은 우유 꺼내려 가방을 여는데
아직 온기가 식지 않은 종이봉투에
붕어가 다섯 마리

내 열여섯 세상에
가장 따뜻했던 저녁

# 비밀번호

문현식

우리 집 비밀번호
□□□□□□

누르는 소리로 알아요
□□□ □□□□는 엄마
□□ □□□ □□는 아빠
□□□□ □□□는 누나
할머니는
□ □  □   □
□  □   □

제일 천천히 눌러도
제일 빨리 나를 부르던
이제 기억으로만 남은 소리

보고싶은
할머니.

# 묏버들 가려 꺾어

홍랑

묏버들 가려 꺾어 보내노라 님에게
자시는 창밖에 심어 두고 보소서
밤비에 새잎이 나거든 날인가도 여기소서

# 사랑하는 별 하나

이성선


나도 별과 같은 사람이
될 수 있을까.
외로워 쳐다보면
눈 마주쳐 마음 비춰 주는
그런 사람이 될 수 있을까.

나도 꽃이 될 수 있을까.
세상일이 괴로워 쓸쓸히 밖으로 나서는 날에
가슴에 화안히* 안기어
눈물짓듯 웃어 주는
하얀 들꽃이 될 수 있을까.

---

* 화안히: '환히'의 시적 허용. 빛이 비치어 맑고 밝게

가슴에 사랑하는 별 하나를 갖고 싶다.
외로울 때 부르면 다가오는
별 하나를 갖고 싶다.

마음 어두운 밤 깊을수록
우러러 쳐다보면
반짝이는 그 맑은 눈빛으로 나를 씻어
길을 비추어 주는
그런 사람 하나 갖고 싶다.

# 풀꽃 1

나태주

자세히 보아야
예쁘다

오래 보아야
사랑스럽다

너도 그렇다.

# 별

나태주

내가 너를 생각하는
마음 하나와
네가 나를 생각하는
마음 하나가
땅 위를 헤매다가
하늘에서 만나면
별이 되지 않을까!
별을 바라보며
나는 생각한다.

# 사랑에 답함

나태주

예쁘지 않은 것을 예쁘게
보아 주는 것이 사랑이다

좋지 않은 것을 좋게
생각해 주는 것이 사랑이다

싫은 것도 잘 참아 주면서
처음만 그런 것이 아니라

나중까지 아주 나중까지
그렇게 하는 것이 사랑이다.

# 겨울 사랑

문정희

눈송이처럼 너에게 가고 싶다
머뭇거리지 말고
서성대지 말고
숨기지 말고
그냥 네 하얀 생에 뛰어들어
따스한 겨울이 되고 싶다
천년 백설이 되고 싶다

# 삼촌

김영롱

삼촌이 돌아가실 적에
나는 엉엉 울었다.
누가 죽었는지도 모르고 어른들이
울길래 따라 울었다.

그러나 숟갈을 놓을 적에
일곱 개를 놓다가 여섯 개를 놓으니
가슴속에서
눈물이 왈칵 나왔다.

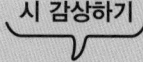

## 시 감상하기

　주변을 천천히 둘러보세요. 그리고 자신의 내면에도 조용히 귀를 기울여 보세요. 그동안 무심코 스쳐 지나쳤던 것들 속에서 새로운 의미를 발견하게 될지도 모릅니다. 그리고 그것이 여러분에게 큰 존재로 다가올 수도 있습니다.

　이 책 속 시를 읽으며, 시인은 어떤 시선으로 세상을 바라보고 있는지, 존재의 의미를 어떻게 부여하는지 눈여겨보세요. 평범했던 모든 존재가 더욱 풍성하게 다가오게 될 겁니다.

4부

존재

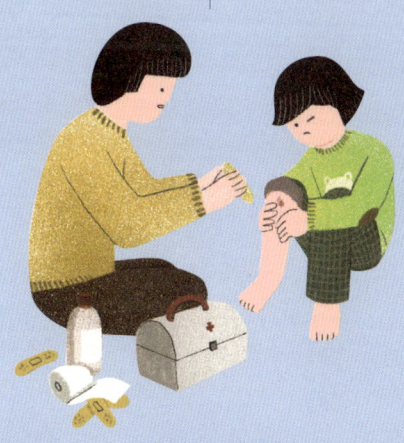

# 새로운 길

윤동주

내*를 건너서 숲으로
고개를 넘어서 마을로

어제도 가고 오늘도 갈
나의 길 새로운 길

---

• 내: 시내보다는 크지만 강보다는 작은 물줄기

76

민들레가 피고 까치가 날고
아가씨가 지나고 바람이 일고

나의 길은 언제나 새로운 길
오늘도…… 내일도……

내를 건너서 숲으로
고개를 넘어서 마을로

# 유성

오세영


밤하늘은
별들의 운동장
오늘따라 별들 부산하게 바자닌다*.
운동회를 벌였나
아득히 들리는 함성,
먼 곳에서 아슴푸레 빈 우렛소리 들리더니
빗나간 야구공 하나
쨍그랑
유리창을 깨고
또르르 지구로 떨어져 구른다.

----

* 바자니다: '바장이다'의 옛말. 부질없이 짧은 거리를 오락가락 거닐다.

# 별밤에

나태주


별빛이 소낙비처럼
쏟아지는 밤

굴참나무 잎새 두 개
따다가 귀에 대면

내 귀는 그대로
우주의 안테나

맑게 살리라
사랑하며 살리라

은하수 밖 태양계 밖
우주의 소리를 듣는다

그래 그래 그래

산들이 고개 끄덕여 주고

강물도 입술 반짝이며

엿듣고 있다.

# 연탄 한 장

안도현


또 다른 말도 많고 많지만
삶이란
나 아닌 그 누구에게
기꺼이 연탄 한 장 되는 것

방구들* 선득선득해지는** 날부터 이듬해 봄까지

조선 팔도 거리에서 제일 아름다운 것은

연탄 차가 부릉부릉

힘쓰며 언덕길 오르는 거라네

해야 할 일이 무엇인가를 알고 있다는 듯이

연탄은, 일단 제 몸에 불이 옮겨붙었다 하면

하염없이 뜨거워지는 것

매일 따스한 밥과 국물 퍼먹으면서도 몰랐네

온몸으로 사랑하고 나면

한 덩이 재로 쓸쓸하게 남는 게 두려워

여태껏 나는 그 누구에게 연탄 한 장도 되지 못하였네

---

• 방구들: 불 또는 더운 물이나 전기 등으로 방바닥을 덥게 하는 장치
•• 선득선득하다: 갑자기 서늘한 느낌이 계속 있다.

생각하면

삶이란

나를 산산이 으깨는 일

눈 내려 세상이 미끄러운 어느 이른 아침에

나 아닌 그 누가 마음 놓고 걸어갈

그 길을 만들 줄도 몰랐었네, 나는

# 후후후

성미정


아가야
내 이름은 민들레야
지난겨울 너의 모자 끝에
달려 있던 털방울 같지

작은 입술 뽀뽀하듯 내밀고
후후후 입김 부는 아가야

봄바람 같은 너의 숨결에
나는 세상에서 제일 작은
낙하산 되어 날아가지

멋지게 착륙하여 내년에 다시
널 만나러 올게

그때는 너의 숨결도 좀 더
힘차고 따뜻하게 자라 있을 테지

내년 봄에는 후후
두 번만 불어도
나는 날아갈 테지

올해는 후후후
내년엔 후후

# 살 만한 것

최대호

"요즘 살 만한 거 뭐 있어?"

"살 만한 거? 인생."

# 태산이 높다 하되

양사언


태산이 높다 하되 하늘 아래 뫼이로다
오르고 또 오르면 못 오를 리 없건마는
사람이 제 아니 오르고 뫼를 높다 하더라

# 딱지

이준관

나는 어릴 때부터 그랬다.
칠칠치 못한 나는 걸핏하면 넘어져
무릎에 딱지를 달고 다녔다.
그 흉물 같은 딱지가 보기 싫어
손톱으로 득득 긁어 떼어 내려고 하면
아버지는 그때마다 말씀하셨다.
딱지를 떼어 내지 말아라 그래야 낫는다.
아버지 말씀대로 그대로 놓아두면
까만 고약* 같은 딱지가 떨어지고
딱정벌레 날개처럼 하얀 새살이
돋아나 있었다.
지금도 칠칠치 못한 나는
사람에 걸려 넘어지고 부딪히며

---

* 고약: 주로 헐거나 곪은 데에 붙이는 끈끈한 약

마음에 딱지를 달고 다닌다.
그때마다 그 딱지에 아버지 말씀이
얹혀진다.
딱지를 떼지 말아라 딱지가 새살을 키운다.

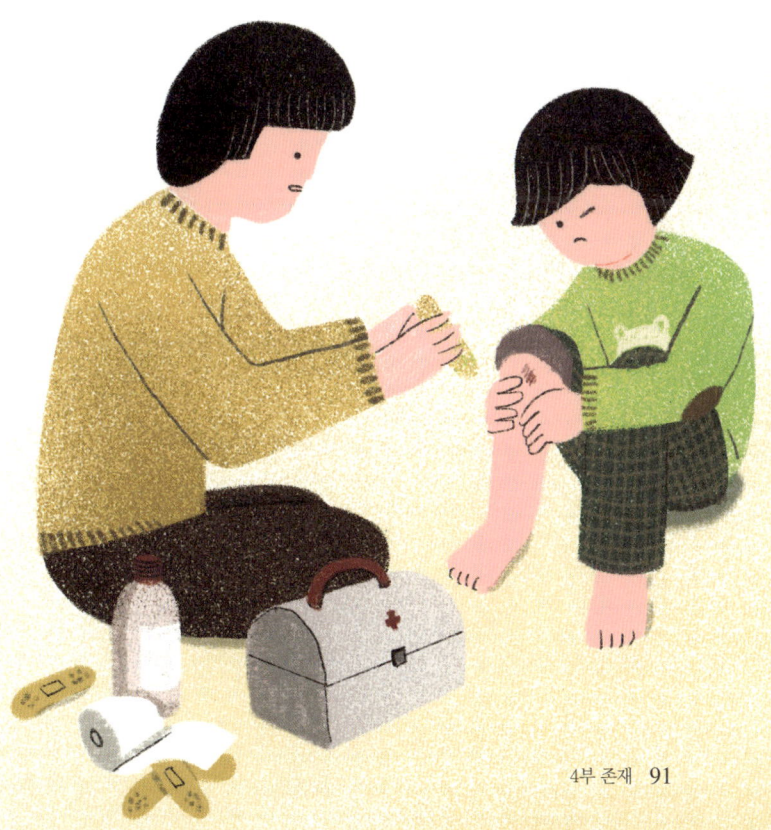

# 거꾸로 말했다

장철문

괜찮아요,라고 말할 때
괜찮지 않았다

저는 됐어요,라고 말할 때
되지 않았다

아니에요,라고 말할 때
아니지 않았다

하나 마나 한 말이지만,
내가
나라고 부르는 얘야,
너한테 분명히 말해 둘게

아무 때나 웃지 마,
어색할 때는 그냥 있어도 돼

# 상처의 교훈

이해인


마주하긴 겁이 나서
늦게야 대면하는
내 몸의 상처

상처는 소리 없이 아물어
마침내 고운 꽃으로 앉아 있네
아프고 괴로울 때
피 흘리며 신음했던 나의 상처는
내 마음을 넓히고
지혜를 가르쳤네

형체를 알 수 없는
마음의 상처를
다스리지 못해 힘들었던 날들도
이제는 내가
고운 꽃으로 피워 낼 수 있으리

# 나를 키우는 말

이해인

행복하다고 말하는 동안은
나도 정말 행복해서
마음에 맑은 샘이 흐르고

고맙다고 말하는 동안은
고마운 마음 새로이 솟아올라
내 마음도 더욱 순해지고

아름답다고 말하는 동안은
나도 잠시 아름다운 사람이 되어
마음 한 자락이 환해지고

좋은 말이 나를 키우는 걸
나는 말하면서
다시 알지

# 넌 어느 쪽이니?

이옥용

이 세상엔
두 부류의 사람이 있대

뉴스 만드는 사람
뉴스 듣는 사람

뉴스 믿는 사람
뉴스 의심하는 사람

뉴스 베끼는 사람
뉴스 버리는 사람

뉴스 만드는 사람
뉴스 없애는 사람

뉴스 불리는 사람
뉴스 줄이는 사람

뉴스에 마술을 거는 사람
뉴스에 현미경을 대는 사람

넌 어느 쪽이니?

# 하늘의 별 따기

나희덕


－엄마, 저 별 좀 따 주세요.

저기, 저 별 말이지?
초승달 가장 가까이서 반짝이는 별.

물론 따 줄 수는 있어.
나무 열매를 따듯
또옥, 별을 따 줄 수는 있어.

그런데 말야.
하늘에 저렇게 별이 많은 건
사람들이 참았기 때문이야.
따고 싶어도 모두들 꾹 참았기 때문이야.

−그래도 하나만 따 주세요.

지금부터 눈을 꼬옥 감고 열을 세렴.
엄만 다 방법이 있거든.

−하나, 두울, 셋, 넷, 다섯, 여섯, 일곱, 여덟, 아홉, 열!

이제 눈을 떠 봐.
자아, 별!

-에이, 이건 돌이잖아요.

거봐, 별은 땅에 내려오는 순간
이렇게 시들어 버리지.

별을 손에 쥐고 싶어도
사람들이 참고 또 참는 것은 그래서란다.

# 맨드라미

김선우


쭈글쭈글 닭 벼슬 같아
거인의 혓바닥 같아
외갓집 마당에 내 키랑 비슷한 맨드라미
넌 왜 이렇게 생겼니
꽃 같지 않게

그때 맨드라미가 말했어
넌 왜 그렇게 생겼니
라고 나는 말하지 않아
너는 그냥 너지

맨드라미에게 사과했어
누가 나에게
너는 왜 그렇게 생겼니
라고 물으면 얼마나 속상할까
나는 나일 뿐인데

키가 비슷한 맨드라미
뺨에 뺨을 대 보았어
나답고 맨드라미답게
체온이 서로 달랐어

# 큰 나무

조재도


어떤 말을 하고 나면
내가 어른스러워진 것 같다

어떤 생각을 하고 나면
내가 어른스러워진 것 같다

어떤 행동을 하고 나면
그때의 내 모습은

어른스러움!

그런 날은
내 키가 부쩍 커진 것 같다
어깨가 와짝
넓어진 것 같다
마음이 흐뭇함으로 가득 차고
그늘이 넓은 큰 나무가 된 것 같다

# 신문지 밥상

정일근


더러 신문지 깔고 밥 먹을 때가 있는데요
어머니, 우리 어머니 꼭 밥상 펴라 말씀하시는데요
저는 신문지가 무슨 밥상이냐며 궁시렁 궁시렁 하는데요
신문질 신문지로 깔면 신문지 깔고 밥 먹고요
신문질 밥상으로 펴면 밥상 차려 밥 먹는다고요
따뜻한 말은 사람을 따뜻하게 하고요
따뜻한 마음은 세상까지 따뜻하게 한다고요
어머니 또 한 말씀 가르쳐 주시는데요

해방 후 소학교 2학년이 최종 학력이신
어머니, 우리 어머니의 말씀 철학

# 동해 바다-후포에서

신경림

친구가 원수보다 더 미워지는 날이 많다
티끌만 한 잘못이 맷방석*만 하게
동산만 하게 커 보이는 때가 많다
그래서 세상이 어지러울수록
남에게는 엄격해지고 내게는 너그러워지나 보다
돌처럼 잘아지고 굳어지나 보다

멀리 동해 바다를 내려다보며 생각한다
널따란 바다처럼 너그러워질 수는 없을까
깊고 짙푸른 바다처럼
감싸고 끌어안고 받아들일 수는 없을까
스스로는 억센 파도로 다스리면서
제 몸은 맵고 모진 매로 채찍질하면서

---

• 맷방석: 멍석보다 작고 둥근 모양의 짚으로 만든 방석

# 고래를 위하여

정호승


푸른 바다에 고래가 없으면
푸른 바다가 아니지
마음속에 푸른 바다의
고래 한 마리 키우지 않으면
청년이 아니지

푸른 바다가 고래를 위하여
푸르다는 걸 아직 모르는 사람은
아직 사랑을 모르지

고래도 가끔 수평선 위로 치솟아 올라
별을 바라본다
나도 가끔 내 마음속의 고래를 위하여
밤하늘 별들을 바라본다

# 떨어져도 튀는 공처럼

정현종

그래 살아 봐야지
너도 나도 공이 되어
떨어져도 튀는 공이 되어

살아 봐야지
쓰러지는 법이 없는 둥근
공처럼, 탄력의 나라의
왕자처럼

가볍게 떠올라야지
곧 움직일 준비 되어 있는 꼴
둥근 공이 되어

옳지 최선의 꼴

지금의 네 모습처럼

떨어져도 튀어 오르는 공

쓰러지는 법이 없는 공이 되어.

# 작품 출처 및 수록 교과서

| 작품 | 작가 | 출처 | 수록 교과서 |
|---|---|---|---|
| 새싹 | 공광규 | 《소주병》, 실천문학사, 2004 | 비상(박현숙) 1-1 |
| 3월 | 오규원 | 《나무 속의 자동차》, 문학과지성사, 2008 | 천재(정호웅), 천재(노미숙), 동아출판, 비상(박현숙) 1-1 |
| 봄비 | 심후섭 | 《내 마음의 동시》, 계림북스, 2022 | 지학사 1-1 |
| 콩, 너는 죽었다 | 김용택 | 《콩, 너는 죽었다》, 문학동네, 2018 | 창비 1-2 |
| 반딧불 | 윤동주 | 《정본 윤동주 전집》, 문학과지성사, 2004 | 미래엔(민병곤) 1-1 |
| 나무 | 윤동주 | 《정본 윤동주 전집》, 문학과지성사, 2004 | 미래엔(민병곤) 1-1 |
| 햇비 | 윤동주 | 《정본 윤동주 전집》, 문학과지성사, 2004 | 미래엔(신유식) 1-1 |
| 해 | 박두진 | 《어서 너는 오너라》, 시인생각, 2013 | 미래엔(민병곤) 1-1 |
| 들판이 적막하다 | 정현종 | 《한 꽃송이》, 문학과지성사, 1998 | 비상(박영민) 1-2 |
| 송사리 | 이문구 | 《산에는 산새 물에는 물새》, 창비, 2003 | 천재(정호웅) 1-2 |
| 봄은 고양이로다 | 이장희 | 《봄은 고양이로다》, 아인북스, 2017 | |
| 오-매 단풍 들것네 | 김영랑 | 《영랑을 만나다》, 태학사, 2009 《김영랑을 읽다》, 휴머니스트, 2020 | |
| 오우가 | 윤선도 | 《고시조 산책》, 국학자료원, 2003 | 천재(정호웅), 천재(노미숙), 지학사, 해냄에듀 1-1 |
| 산 샘물 | 권태응 | 《감자꽃》, 보물창고, 2014 | 천재(정호웅) 1-1 |
| 석류 이야기 | 이문자 | 《개구쟁이 비》, 마이템, 2022 | 미래엔(민병곤) 1-1 |
| 돌담장의 안녕 | 김봉군 | 〈시조 생활〉, 제126호, 2021 | 해냄에듀 1-1 |
| 길 | 김종상 | 《김종상 동시 선집》, 지식을만드는지식, 2015 | 미래엔(신유식) 1-1 |
| 빗길 | 성명진 | 《어린이 마음 시툰: 우리 둘이라면 문제없지》, 창비교육, 2020 | 미래엔(신유식) 1-1 |
| 비스듬히 | 정현종 | 《견딜 수 없네》, 문학과지성사, 2013 | 비상(박현숙) 1-2 |
| 우리 둘이 | 김준현 | 《세상이 연해질 때까지 비가 왔으면 좋겠어》, 창비교육, 2022 | 지학사 1-1 |
| 한 송이 말의 힘 | 김선우 | 《댄스, 푸른푸른》, 창비교육, 2018 | 미래엔(신유식) 1-2 |
| 우리가 눈발이라면 | 안도현 | 《그대에게 가고 싶다》, 푸른숲, 2002 | |
| 까마귀 검다 하고 | 이직 | 《한국 고전 문학 전집 1-시조 Ⅰ》, 고대민족문화연구소, 1993 | |
| 까마귀 싸우는 골에 | 영천 이씨 | 《한국 고전 문학 전집 1-시조 Ⅰ》, 고대민족문화연구소, 1993 | |
| 수박끼리 | 이응인 | 《솔직히 나는 흔들리고 있다》, 나라말, 2015 | |
| 저녁에 | 김광섭 | 《성북동 비둘기》, 시인생각, 2013 | 천재(노미숙) 1-2 |

| 작품 | 작가 | 출처 | 수록 교과서 |
|---|---|---|---|
| 세상에서 가장 따뜻했던 저녁 | 복효근 | 《운동장 편지》, 창비교육, 2016 | 천재(정호웅) 1-1 |
| 비밀번호 | 문현식 | 《팝콘 교실》, 창비, 2015 | 동아출판 1-1 |
| 묏버들 가려 꺾어 | 홍랑 | 《시를 품고 옛 노래를 부르다》, 글누림, 2012 | 비상(박현숙) 1-1 |
| 사랑하는 별 하나 | 이성선 | 《빈 산이 젖고 있다》, 미래사, 1991 | 미래엔(신유식), 비상(박현숙) 1-1 |
| 풀꽃 1 | 나태주 | 《꽃을 보듯 너를 본다》, 지혜, 2015 | 지학사 1-1, 해냄에듀 1-2 |
| 별 | 나태주 | 《나태주, 지금의 안부》, 북폴리오, 2023 | 미래엔(신유식) 1-1 |
| 사랑에 답함 | 나태주 | 《나태주, 지금의 안부》, 북폴리오, 2023 | 미래엔(신유식) 1-1 |
| 겨울 사랑 | 문정희 | 《눈송이처럼 너에게 가고 싶다》, 파람북, 2020 | 비상(박영민) 1-2 |
| 삼촌 | 김영롱 | 《국어시간에 시 읽기 1》, 휴머니스트, 2000 | 해냄에듀 1-1 |
| 새로운 길 | 윤동주 | 《정본 윤동주 전집》, 문학과지성사, 2004 | 동아출판, 비상(박영민) 1-1 |
| 유성 | 오세영 | 《적멸의 불빛》, 문학사상사, 2001 | 지학사 1-1 |
| 별밤에 | 나태주 | 《세상을 껴안다》, 지혜, 2013 | 창비 1-1 |
| 연탄 한 장 | 안도현 | 《외롭고 높고 쓸쓸한》, 문학동네, 1994 | 해냄에듀 1-1 |
| 후후후 | 성미정 | 《엄마의 토끼》, 난다, 2015 | 미래엔(민병곤) 1-1 |
| 살 만한 것 | 최대호 | 《읽어보시집》, 넥서스, 2015 | 미래엔(신유식)1-1 |
| 태산이 높다 하되 | 양사언 | 《정본 시조 대전》, 일조각, 1984 | 창비 1-1 |
| 딱지 | 이준관 | 《천국의 계단》, 서정시학, 2014 | 천재(노미숙) 1-2 |
| 거꾸로 말했다 | 장철문 | 〈동시마중〉 제45호, 2017 | 동아출판 1-1 |
| 상처의 교훈 | 이해인 | 《희망은 깨어 있네》, 마음산책, 2010 | 미래엔(민병곤) 1-1 |
| 나를 키우는 말 | 이해인 | 《서로 사랑하면 언제라도 봄》, 열림원, 2015 | 미래엔(신유식) 1-2 |
| 넌 어느 쪽이니? | 이옥용 | 《-+》, 도토리숲, 2022 | 미래엔(신유식) 1-2 |
| 하늘의 별 따기 | 나희덕 | 《의자를 신고 달리는》, 창비교육, 2015 | 천재(노미숙) 1-1 |
| 맨드라미 | 김선우 | 《댄스, 푸른푸른》, 창비교육, 2018 | 해냄에듀 1-1 |
| 큰 나무 | 조재도 | 《자물쇠가 철컥 열리는 순간》, 창비교육, 2015 | 천재(정호웅) 1-1 |
| 신문지 밥상 | 정일근 | 《착하게 낡은 것의 영혼》, 시학, 2006 | |
| 동해 바다—후포에서 | 신경림 | 《길》, 창비, 2000 | |
| 고래를 위하여 | 정호승 | 《외로우니까 사람이다》, 창비, 2021 | |
| 떨어져도 튀는 공처럼 | 정현종 | 《떨어져도 튀는 공처럼》, 문학과지성사, 2001 | |

글

공광규 오규원 심후섭 김용택 윤동주 박두진 정현종 이문구 이장희 김영랑 윤선도 권태응 이문자 김봉
군 김종상 성명진 김준현 김선우 안도현 이직 영천 이씨 이웅인 김광섭 복효근 문현식 홍랑 이성선 나
태주 문정희 김영룡 오세영 성미정 최대호 양사언 이준관 장철문 이해인 이옥용 나희덕 조재도 정일근
신경림 정호승

그림 이윤우

도자기를 만들었고, 디자이너로 일하다가 그림책에 빠져 그림책 작가가 되었어요. 2011년 '한국 안데르
센상 대상'을 받았고, 2015년 '볼로냐 올해의 일러스트레이터'로 선정되었습니다. 쓰고 그린 책으로 《온
세상이 반짝반짝》《언제나 널 사랑한단다》《할머니와 하얀 집》《하얀 곰과 빨간 꽃》이 있으며, 그린 책
으로 《밤똥》《동글동글 바퀴》《모퉁이 아이》《요술 화장품》《에일리언》《고래는 왜 돌아왔을까?》 등이
있습니다. 평범한 일상 속에서 만나는, 작지만 소중한 것들을 담고 싶다는 마음으로 작업하고 있습니다.

엮음 한재진

중학교에서 국어를 가르치며, 매일 학생들과 함께 문학의 세계를 여행하고 있습니다. 문학이 주는 따뜻
함과 감동을 나누는 순간을 좋아합니다. 이 책을 통해 더 많은 청소년들이 문학을 가까이에서 만나고,
그 속에서 자신만의 이야기를 발견하길 바랍니다.

# 꼭 읽어야 할
# 중학교 문학 첫걸음 시

초판 1쇄 발행 2025년 08월 01일

글 윤동주 외   그림 이윤우   엮음 한재진
발행처 주식회사 스푼북   발행인 박상희   총괄 김남원
편집 길유진 김선영 박선정 이민주 이지은
디자인 이지숙 권수아 정진희   마케팅 박병건 박미소
출판신고 2016년 11월 15일 제2017- 000267호
주소 (03993) 서울시 마포구 월드컵북로6길 88-7 ky21빌딩 2층
전화 02- 6357- 0050(편집) 02- 6357- 0051(마케팅)
팩스 02- 6357- 0052   전자우편 book@spoonbook.co.kr

ISBN 979-11-6581-598-1 (43810)   ·